Td $^{48}_{16}$

CALAMITÉS AFFREUSES

RÉSULTANT

DU SYSTÈME DE LA CONTAGION,

ET MÊME DE CELUI DE L'INFECTION ;

RÉSULTATS AVANTAGEUX

DE L'APPLICATION DE LA SAINE DOCTRINE ;

NOUVEAUX OBSTACLES A LA CONNAISSANCE DE LA VÉRITÉ.

PAR M. LASSIS,

Docteur en Médecine de la Faculté de Paris, Membre correspondant
de l'Académie Royale de Médecine de cette ville, et de plusieurs
autres Sociétés savantes régnicoles et étrangères, ancien Prosecteur
à l'École de Médecine de Paris, ancien Médecin en chef d'hôpitaux
en divers pays, etc., etc. (1)

> En soixante années, Cadix, presque entièrement exempt
> des mesures dites *sanitaires*, n'éprouva qu'une seule épidé-
> mie, et il en éprouva onze en vingt autres années où ces
> mesures furent employées de la manière la plus stricte.
>
> SALVA, *Trozos Medicos.*

L'année dernière a été signalée par de grandes calamités résultant d'opinions erronées relatives aux causes,
à la nature et aux remèdes des maladies épidémiques :
par mesure de santé des malheureux ont été fusillés
près de Gibraltar ; la population de cette ville a été
tout-à-coup en proie à toute sorte de désastres, même

---

(1) Pressé par la circonstance, je n'ai pu donner à cet exposé tout
le soin nécessaire, de manière à éviter des répétitions et peut-être
beaucoup d'incorrections.

1

à la mort; de grands maux ont été ajoutés aux maux de la guerre déjà si grands eux-mêmes. Près de Boulogne, un naufragé, seul reste d'un équipage entier, demandant à genoux, les mains jointes et d'une voix également suppliante, un asile et d'autres secours, que des Français pouvaient aisément lui donner, ne rencontra de leur part que des baïonnettes, et mourut à leurs pieds!!! Et de nouvelles calamités semblables nous menaceront, tant que l'erreur triomphera; tant que, attaquée sur un point, elle pourra se réfugier sur un autre; tant que, enfin, la satiété et le dégoût occasionés par les vaines discussions où elle entraîne se reporteront, comme ils le font maintenant, sur la vérité elle-même!!! Je ne parle pas de beaucoup d'autres calamités, ni des dépenses et des pertes énormes occasionées par les doctrines que je combats, aux gouvernemens et au commerce.

Défaveur attachée à l'erreur portée sur les faits propres à faire connaître la vérité.

Si, afin de donner à mes idées plus de maturité, j'ai cru devoir long-temps travailler dans le silence, même après avoir obtenu de l'application de mes principes les plus heureux résultats, maintenant je veux faire tout ce qui est en moi pour que, si les grandes calamités dont je parle se renouvellent, du moins ce ne soit pas faute d'avertissemens.

Qu'un état de choses aussi déplorable et aussi honteux en quelque sorte pour la science et pour l'humanité, ait eu lieu à une époque où les sciences les plus propres à éclairer la médecine étaient dans l'enfance, où l'on avait peu songé à recueillir les faits relatifs aux maladies dont il s'agit, on peut ne point en être étonné; mais il n'en est pas de même aujourd'hui, où les sciences indiquées sont cultivées avec tant de zèle et de succès,

D'après l'état actuel des sciences propres à éclairer la médecine, un examen impartial ne peut manquer de faire connaître la vérité, surtout où un ouvrage, fondé sur les faits de tous les temps et de tous les lieux (que l'on y a consignés) et publié dès 1819, en France, a été accueilli par les médecins les plus éclairés de ce pays, a été accueilli également et même traduit par les médecins étrangers ; je veux parler de mon ouvrage sur les causes des épidémies, les moyens d'y remédier et de les prévenir ; ouvrage auquel chaque année, notamment dans ces derniers temps, j'ai ajouté de nouveaux faits et de nouveaux argumens.

moyennant le faits consigné dans l'ouvrag publié par l'au teur en 1819, e ses nouveau mémoires.

On pouvait espérer que les médecins envoyés à Gibraltar, ayant les mêmes faits sous les yeux, rapporteraient tous la même opinion, d'autant plus que ces faits étaient d'une évidence frappante. Mais deux de ces honorables confrères restent, dit-on, indécis sur les grandes questions agitées. L'erreur va donc encore gagner du temps !!! Ne serait-elle que d'un seul côté, ce n'en serait pas moins un état de chose funeste, puisqu'il s'agit d'une question de ruine ou de prospérité, et même de vie ou de mort pour des populations entières ; et que dire, si, comme j'ose le prétendre, elle est des deux côtés, la vérité ne se trouvant que dans l'opinion négative des deux partis, par rapport aux deux genres de causes admises, c'est-à-dire, dans celle des contagionistes, qui leur fait rejeter l'infection, et dans celle des infectionistes, qui leur fait rejeter la contagion ?

Dissidence de médecins en voyés à Gibral trar.

La vérité s trouve dans l'o pinion négativ des contagionis tes par rappo à l'infection , c dans celle de infectionistes par rapport à l contagion.

Peut-être, dans cette circonstance, était-il nécessaire qu'un autre médecin vint comme tiers entre les deux partis, après s'être rendues familières toutes les questions agitées, après les avoir considérées sous toutes les faces, après s'être trouvé lui-même sur différens théâ-

Nécessité d chercher la vé rité ailleurs qu dans l'infectio ou la contagior

tres du mal, après avoir recueilli tous les faits anciens et nouveaux, consulté tous les bons auteurs, et fait l'application des principes qu'il soutient (1). Or, si je ne m'abuse, je me suis mis dans ce cas, non par mes talens, mais par mon zèle et par vingt ans de travaux et de sacrifices. C'est d'après ces divers avantages que j'ai pu reconnaître, avec les contagionistes la non infection, et avec les infectionistes la non contagion.

La contagion et l'infection étant aujourd'hui les deux seules causes principales admises entre les médecins, toutes chimériques qu'elles sont, ne reconnaissant pas l'une, comme effectivement on ne peut la reconnaître, on reste soumis à ses préventions en faveur de l'autre, que l'on se croit forcé d'admettre, puisqu'il en faut nécessairement une pour expliquer les calamités que l'on a à déplorer, et que, d'après cela, l'absence de l'une paraît nécessairement supposer l'existence de l'autre.

Si l'on veut considérer attentivement la manière dont se sont maintenues l'opinion de la contagion ou de la non contagion, et celle de l'infection ou de la non infection, on sera, je crois, plus près que l'on ne pense du but désiré. On remarquera que, de chaque côté, on a examiné plus scrupuleusement les faits rela-

(1) Par suite de l'estime et de la bienveillance du conseil d'administration de l'Académie de Médecine, j'avais été porté sur la liste des candidats pour le choix à faire par ce corps savant, sur la demande de S. E. le Ministre de l'Intérieur. Mais une des conditions exigées dans le médecin à choisir étant qu'il ne se fût pas encore prononcé relativement aux questions agitées, j'ai dû demander la parole et prier de retrancher mon nom de cette liste, attendu, ai-je dit, que j'avais eu le malheur d'arrêter, comme anti-contagioniste et anti-infectioniste, des épidémies semblables à celle de Gibraltar.

tifs à ce que l'on rejette, que les faits relatifs à ce que l'on admet, et que, par conséquent, on a plus de raisons pour rester dans l'opinion négative, que pour rester dans l'opinion affirmative.

Ainsi, en s'en rapportant à l'opinion des infectionistes et à celle des contagionistes sur ce que chacun d'eux a le mieux examiné, on doit reconnaître, avec les uns, que la contagion n'existe pas, et avec les autres, qu'il en est de même de l'infection. On peut remarquer encore que, quoique d'abord je paraisse avoir tous les médecins pour adversaires, en fait d'opinion relativement aux causes des épidémies, puisque tous sont ou contagionistes ou infectionistes, et que je ne suis ni l'un ni l'autre, chacun d'eux est véritablement pour moi, les uns en rejetant avec moi l'opinion de l'infection, et les autres en rejetant aussi avec moi celle de la contagion. Je ferai observer en outre qu'aux faits et aux argumens que les uns et les autres font valoir avec moi contre l'opinion qu'ils rejettent, j'en ajoute un grand nombre d'autres que les bornes que j'ai dû me prescrire ne me permettent pas d'indiquer ici. Dès ce moment, on pourrait donc reconnaître que la contagion et l'infection, comme causes principales des épidémies dites *typhoïdes*, sont absolument des êtres de raison, que, par conséquent, il faut admettre une autre cause : or, cette cause, j'aurai bientôt occasion de l'indiquer, en parlant de l'épidémie de Gibraltar.

Il m'a semblé que l'on serait en droit de croire avoir obtenu la solution de toutes les questions agitées, lorsque, d'après une connaissance exacte du passé, on

Solution de questions agitées.

pourrait prévoir l'avenir; lorsque l'on pourrait ainsi indiquer d'avance ce qui doit se présenter d'essentiel dans une épidémie quelconque, et quel serait le meilleur moyen d'y remédier et même de la prévenir; or, ces divers avantages, je crois les avoir obtenus, tandis que les partisans des systèmes que je combats en sont encore à des idées spéculatives et à d'affreuses nécrologies. C'est ainsi que le 10 novembre dernier, époque du départ des médecins envoyés à Gibraltar, par conséquent avant que l'on eût des détails authentiques et circonstanciés sur ce qui se passait dans cette ville, j'ai eu l'honneur d'annoncer devant l'Académie des Sciences, 1° que le mal n'était autre chose que nos affections fébriles, dites *bilieuses, putrides, malignes, gastro-entérites*, etc.; 2° que les causes de ce mal n'étaient ni la contagion ni l'infection; 3° que, pour le faire cesser, il suffirait de tout remettre dans l'ordre, c'est-à-dire de renoncer entièrement au système admis, les effets de ce système étant les seules causes d'une telle calamité.

Nature, causes et remèdes de l'épidémie de Gibraltar, indiqués par l'auteur devant l'Académie royale des Sciences.

Ces assertions ne s'accordaient pas sur tous les points avec l'opinion de MM. les Commissaires, mais ce sont les faits seuls qui doivent décider, et ceux que nous ont communiqués ces MM. justifient pleinement ce que j'ai avancé; et même, comme on sait, M. le docteur Chervin reconnaît avec moi la non contagion. Et si, dans ce moment, MM. Louis et Trousseau ne se prononcent pas contre l'infection, ils ne tarderont pas à reconnaître aussi, avec moi, la vérité à cet égard. Avec quelques observations de plus et un peu de prévention de moins, comme avec le zèle et les

Les assertions de l'auteur justifiées par les faits que nous ont communiqués MM. les Commissaires.

lumières qui les distinguent, ils auraient déjà eu l'avantage de la connaître sur tous les points. Ils l'auraient cherchée du seul côté où ils pouvaient la trouver, au lieu de la chercher principalement de divers côtés où elle n'était pas, l'opinion qui l'admet n'étant pas représentée par leur mission, ainsi que, le 10 novembre j'ai eu l'honneur de le dire devant l'Académie des Sciences.

Parlons d'abord de la nature du mal. MM. les Commissaires ont cru trouver de la différence entre les maladies de Gibraltar et nos maladies dites *graves* ; mais ils ne fondent cette prétendue différence que sur des altérations qui, après la mort, se voient ou ne se voient pas, selon que le mal a duré ou n'a pas duré assez long-temps pour laisser des impressions profondes. Or, à Gibraltar comme chez nous, et chez nous comme à Gibraltar, le mal varie en durée. Est-il long, il laisse des traces prononcées ; la mort, au contraire, arrive-t-elle promptement, ces traces ne sont que peu ou point sensibles. Voilà ce que l'on a vu partout et de tout temps ; voilà ce que n'a pas manqué d'observer le premier médecin de notre époque ; voyez en particulier les observations de M. Portal sur les maladies du foie ; voyez les observations de M. le docteur Chauffart sur des maladies dites aussi *fièvres jaunes*, qui ont régné en 1826 à Avignon ; voyez enfin les observations de MM. les Commissaires eux-mêmes : ils citent en effet un exemple où le mal se prolongea jusqu'au quinzième jour, et où ils trouvèrent les altérations indiquées.

Quant aux causes supposées, les principales étaient, selon les uns, la contagion, et selon les autres l'infec-

Maladies
Gibraltar se
blables à nos n
ladies dites g
ves.

tion. Or, MM. les Commissaires nous ayant désigné par leurs lettres tous les points où le mal a sévi, ne nous ont parlé que de lieux extrêmement remarquables par leur salubrité ; ce qu'ils font connaître eux-mêmes en disant des uns, que ce sont les quartiers les plus salubres et les mieux aérés du rocher, des autres qu'ils sont exposés à l'action d'un vent très violent, et que le sol en est sablonneux, sans faire aucune mention du moindre foyer d'infection ; ils disent même que le mal s'est étendu jusque sur la cime du rocher, où l'on ne peut pas supposer non plus de foyer d'infection. Le système qui admet une telle cause, est donc allé échouer contre ce rocher; et que deviendra celui de la contagion, lorsque l'on saura également, d'après les lettres de ces honorables confrères, qu'un grand nombre d'habitans qui n'ont pris aucune précaution contre les prétendus germes, n'en ont pas moins joui d'une parfaite immunité; tandis que beaucoup d'autres, qui en ont pris de toute sorte, qui surtout se sont séquestrés, n'ont pas laissé d'être atteints ?

Les causes de cette épidémie n'étaient ni l'infection,

ni la contagion.

Les véritables causes n'étant donc, ainsi que je l'ai avancé, ni la contagion ni l'infection, consistaient-elles, comme je l'ai de même prétendu, dans les effets du système admis? Ce sont encore les faits qui vont répondre.

Les calamités assumées sur les habitans de Gibraltar, par suite du système admis sur les causes des épidémies, ont seules rendu le mal épidé-

Par les diverses relations dont j'ai eu connaissance, par les lettres même de MM. les Commissaires, on voit que les habitans en général ont été arrachés à leur domicile ordinaire, à toutes leurs habitudes et à toutes leurs ressources ; qu'ils ont été exposés aux intempéries; qu'en effet ils ont manqué de vivres et de moyens de s'en procurer, qu'ils ont éprouvé toute sorte de privations; en un mot qu'ils ont été plongés dans une extrême misère. Une preuve, entre autres, de cet état déplorable, funeste fruit des erreurs que je combats, c'est l'offre gratuite de vingt mille boisseaux de blé, qui leur a été faite de la part du roi d'Espagne et qu'ils ont acceptée.

La moindre réflexion, il me semble, doit suffire aux yeux de tout homme exempt de prévention, pour faire reconnaître ici des causes propres à expliquer seules, sans la contagion et sans l'infection, comment des maladies ordinaires, et pour le nombre et pour la nature, peuvent finir par devenir épidémiques et très meurtrières.

En effet, tant que, comme on ne peut s'empêcher de le faire, on admettra que, pour être incommodé et même pour finir par succomber, il suffit d'être plus ou moins long-temps en proie aux intempéries, aux privations, à toute sorte de vexations, de terreurs et de préjugés relatifs à la santé, aura-t-on besoin de supposer d'autres causes que celles-là, pour rendre raison du mal que l'on voit régner en pareil cas? On en reconnaîtra d'autant mieux l'inutilité, que l'on considérera qu'alors chaque individu, croyant avoir une cause extraordinaire à combattre, croit aussi devoir s'écarter de son genre de vie ordinaire, et emploie également d'ailleurs des moyens véritablement extraordinaires, de manière à être, par cela seul, exposé à voir sa santé éprouver des changemens funestes. Dans le cas d'épidémie survenant dans une ville soumise aux calamités d'un long siége, a-t-on jamais cru avoir besoin de faire intervenir d'autres causes que ces mêmes calamités? Eh bien ! l'application du système admis réduit à un état plus fécond encore en causes morbifiques, que l'état de siége.

Application de ce que l'auteur a dit relativement à Gibraltar, à toutes les autres grandes épidémies.

J'étais donc autorisé à soutenir ce que j'ai avancé le 10 novembre, et il est bon, je pense, de remarquer toute la portée de cette assertion, de remarquer qu'elle résulte de données que j'ai acquises *sur toutes les épidémies*, et que, par conséquent, ce n'est pas uniquement à celle de Gibraltar qu'elle s'applique, que c'est à toutes les grandes épidémies ; car je l'ai avancé surtout d'après ce que j'ai observé moi-même en divers autres lieux où j'ai pu arrêter le mal ou le prévenir, et d'après des recherches immenses.

Si, moyennant mes documens, on peut ainsi indiquer d'avance ce qui doit se passer dans une grande épidémie quelconque, si l'on peut en indiquer les véritables causes et par conséquent les véritables remèdes (*æstimatio causæ sæpè morbum solvit, sublatâ causâ tollitur effectus; contrà, ignoti nulla est curatio morbi;* de-là, résultats avantageux sans exemple de ma pratique, exemple, Josephstadt, etc., etc.; et affreuses nécrologies sous le système que je combats, exemple, toutes les grandes épidémies des derniers siècles). Le but désiré est donc atteint; toute espèce

Solution désirée obtenue, par conséquent toute espèce de mission désormais inutile pour cet objet.

de mission ayant pour objet les points indiqués, sera donc désormais inutile; l'humanité peut donc dès ce moment s'applaudir d'un grand triomphe sur des erreurs funestes dont l'honneur peut être dû à notre pays. Quel Français pourra répudier ces avantages?

L'auteur d'accord avec tous les auteurs les plus estimés,

Je prie de remarquer encore que mes principes sont absolument conformes à ceux de tous les bons auteurs anciens et modernes, dont j'ai recueilli et rapproché le sentiment de manière à former, pour ainsi dire, un grand conseil, où tout a été pesé et apprécié. Mais ce qui me semble surtout imposant, c'est le jugement de l'assemblée médicale qui, en 1821, s'est formée sur le théâtre du mal, d'après ma proposition; assemblée dont les fastes de la médecine n'avaient pas encore offert d'exemple, et qui, composée de médecins d'abord d'opinions différentes, a fini par admettre unanimement mes idées sur les principales causes du mal.

comme avec to les faits.

Peut-être n'ai-je pas besoin de dire que j'ai également recueilli une foule d'observations sur les symptômes qui se présentent pendant la vie, et sur les altérations que l'on trouve après la mort.

De même que je crois mes documens infiniment plus complets et plus concluans que tout autre, de même j'ose croire, ainsi que je le disais tout à l'heure, avoir obtenu, par l'application des principes que je soutiens, des résultats avantageux sans exemple, ainsi qu'on veut bien l'admettre dans nos écoles (1); tandis que,

Les documen de l'auteur pl complets q tout autre.

Résultats avantageux de l'ap plication qu'il

(1) M. Andral, jeune professeur, qui, dans ses cours d'hygiène comme ailleurs, fait briller tant de lumières et de talens auxquels tout le monde rend également hommage, a eu le courage et la générosité, par amour seulement pour la vérité et l'intérêt de la science et de l'humanité, de proclamer ces résultats, en même temps qu'il a présenté mes documens comme ayant fixé l'attention des médecins sur les grandes questions agitées. Je parle de courage et de générosité à l'occasion de ce savant professeur, parce que, tandis qu'un grand nombre d'autres médecins français ont bien voulu accueillir mon ouvrage de 1819, tandis que des médecins étrangers eux-mêmes m'ont également accordé leur estime et leur confiance, dans ce moment, où j'apporte de nouveaux faits, d'autres médecins français semblent, comme je l'ai déjà dit, vouloir faire tomber sur les vérités que je soutiens, le dégoût occasioné par les vaines discussions où l'erreur

fait des princi-
pes qu'il sou-
tient. suivant d'autres principes pour les mêmes affections
que celles que j'ai eu à traiter, on a éprouvé des morta-
lités affreuses ; on a souvent, en effet, rendu épidémiques et meurtrières des maladies très légères. Je vais
citer des exemples.

1° De 1805 à 1812, chargé du service de l'hôpital et
des prisons de Nemours, où j'eus à traiter un grand
nombre de prisonniers de guerre, de conscrits et de
militaires en activité, appartenant à toutes sortes de
climats, et souvent affectés d'une manière extrêmement grave, j'obtins constamment des résultats tels
qu'il n'y fut jamais question ni de mortalité ni de contagion ; tandis qu'ailleurs, notamment à Dijon et à
Auxerre, en 1812, où l'on reçut des malades absolument dans le même cas que ceux dont je viens de
parler, il régna une grande mortalité, et des idées de
contagion, qui déterminèrent le gouvernement à y en-
voyer des médecins de Paris, médecins qui, quoique
très éclairés d'ailleurs, admirent eux-mêmes cette cause;

2° A Bautzen, en 1813, où je fus chargé de cinq
établissemens différens, par des démarches auprès de
l'administration et par de nouveaux résultats avantageux de ma pratique, je fis cesser des bruits de contagion qui pouvaient avoir les suites les plus déplo-
rables pour les malades de ces hôpitaux, dont les
habitans demandaient l'évacuation, pour les habitans
eux-mêmes, et pour quatre corps d'armée pour lesquels cette ville était le seul passage ;

que je combats a entraîné. Si l'on donne encore quelques preuves
de patience, c'est encore aussi en faveur de l'erreur.

3° A Dresde, même année, ayant été chargé de trois hôpitaux considérables et de l'inspection sur plusieurs autres, j'obtins les mêmes avantages;

4° A Geringswalde, même année encore, une colonne de la garnison de Dresde, qui séjourna dans cette ville quelque temps, me fournit aussi les mêmes résultats;

5° Mais ce fut surtout en 1814, et à Josephstadt en Bohême, que de tels résultats furent très remarquables. Sous l'influence des idées admises, une épidémie que j'avais annoncée comme devant se développer parmi plusieurs corps de troupes françaises, se développa en effet; mais ce fut pour cesser aussitôt que, frappé de l'exactitude de mon exposé des véritables causes, M. le gouverneur autrichien, passant par-dessus toutes les règles ordinaires qui, vu ma qualité d'étranger et de prisonnier, ne permettaient pas de m'employer, m'eut chargé de tout le service et eut donné des ordres particuliers pour que tout ce que je prescrirais fût exécuté.

Par suite de divers accidens que j'ai éprouvés, soit avant, soit lors de mon retour en France, j'ai perdu diverses pièces, qui, au besoin, auraient pu servir de preuves. D'ailleurs, d'abord occupé surtout du bien a opérer, satisfait ensuite d'y être entièrement parvenu, j'ai peu songé à me procurer de telles pièces et à les conserver; cependant j'en possède encore une quinzaine. (Voyez aussi, sur les faits dont je viens de parler, mon ouvrage de 1819 sur les causes des épidémies, les moyens d'y remédier et de les prévenir.)

Pendant que ce qui vient d'être exposé se passait en Bohême, il y eut, sous l'influence du fatal système, une telle mortalité dans l'hôpital de Nemours, que l'on crut qu'il y avait beaucoup plus de malades qu'en 1812, quoiqu'il y en ait eu près de moitié moins. Les idées de peste et de contagion régnèrent alors dans cette ville. Dans le même temps, de pareilles erreurs et de pareilles calamités régnèrent aussi en beaucoup d'autres lieux.

Le médecin qui m'avait remplacé à Nemours était éclairé. Aussi m'a-t-on assuré qu'il avait fini par adopter mon opinion. On peut en conclure que si plus tard il se fût trouvé dans les mêmes circonstances, il aurait obtenu les mêmes résultats que ceux que j'ai obtenus moi-même ;

6° En 1815, l'application des principes que je soutiens aux maladies des bœufs et des vaches, mit fin au mal dans plusieurs communes de l'arrondissement de Fontainebleau, et en préserva même beaucoup d'autres en entier. Les maires de ces diverses communes, de la plupart desquels j'étais le médecin, reconnurent aisément la vérité et surent parfaitement la mettre à profit ;

7° Tout le monde sait qu'à Barcelone on admit encore ce système, et qu'une grande mortalité y eut lieu. Mais ce que l'on ne sait pas bien, je crois, c'est que si je me suis rendu, à mes frais, malgré toute sorte de nouvelles difficultés et de nouveaux dangers à braver, malgré d'énormes sacrifices que j'avais déjà faits, c'est que, dis-je, si je me suis rendu sur ce théâtre de mort, ce fut principalement afin de prouver, en présence des faits nouveaux, que, pour arrêter et même prévenir cette épidémie, il ne fallait que faire ce que j'avais déjà fait en diverses autres circonstances semblables.

Son voyage à Barcelone à eu pour objet de prouver, en présence des faits, que, pour arrêter et même prévenir l'épidémie de cette ville, il ne fallait que faire ce qu'il avait déjà fait en plusieurs autres lieux dans des circonstances semblables.

J'avais donc pu indiquer d'avance ce qui se présentait dans cette ville (1), comme j'ai indiqué d'avance ce qui se présentait à Gibraltar;

8° Les divers résultats de ce voyage, conjointement avec la publication de mon ouvrage de 1819, la traduction de ce même ouvrage à Barcelone et à Madrid, les discussions auxquelles il a donné lieu, la rétractation éclatante de ceux même qui d'abord l'avaient le plus vivement attaqué, tous ces événemens produisirent une grande impression parmi les médecins espagnols les plus éclairés. Ce qui dut surtout en produire beaucoup, ce fut l'assemblée médicale dont j'ai parlé, composée du médecin même du lazaret, de médecins des autres hôpitaux, du doyen de la Faculté de Médecine, du président de la subdélégation de médecine de la Catalogne (ces deux derniers, professeurs de médecine pratique), de divers autres professeurs, membres de l'Académie des juntes supérieures et municipales, et de plus employés à la ville et à Barcelonette, de deux médecins anglais, etc., le nombre total pouvait être porté à quinze ou seize, quoiqu'il n'y ait eu que quatorze signatures, parce que plusieurs, qui étaient des plus zélés, se trouvèrent absens au moment de la signature, notamment M. le docteur O'Halloran, déjà parti pour aller ailleurs faire des recherches dont il nous a communiqué les résultats.

L'assemblée médicale dont je viens de parler forma dans son sein une commission dont j'eus également l'honneur de faire partie, pour l'exposé de ses résul-

Résultats importans de ce voyage et des autres travaux de l'auteur. Son ouvrage de 1819 traduit à Barcelone et à Madrid comme s'appliquant à toutes les maladies épidémiques, notamment à celle que l'on appelle fièvre jaune.

_____

(1) *Voyez* la fin de l'avertissement placé à la tête de mon ouvrage de 1819.

tats, et MM. les médecins de Barcelone eurent soin de publier cet exposé, qui parvint sans doute dans toutes les principales villes d'Espagne.

L'Espagne, préservée, en 1823, par suite des efforts de l'auteur, de calamités dont nous n'aurions peut-être pas encore vu le terme.

L'impression dont il s'agit porta son fruit. Effectivement, en 1823, l'état de trouble et de guerre où se trouva toute l'Espagne était très favorable au développement du mal, surtout dans les grandes cités. Dans toutes, d'après le système admis, on aurait eu occasion de proclamer et *fièvre jaune*, et *contagion*, ou *infection*; mais, grâces à cette impression, objet de mes continuels efforts, grâces à l'attention des médecins, ainsi exempte de préoccupation et dirigée vers les véritables causes, on n'y proclama ni l'un ni l'autre. Les affections qui auraient pu fournir ces occasions passèrent comme à l'ordinaire, presque inaperçues. Aucune mesure extraordinaire ne fut prise, aucun accroissement du mal n'eut lieu.

Malheureusement, si les principes que j'ai ainsi soutenus seul, depuis une vingtaine d'années, avec tant de peine et de sacrifices, ont pu être reconnus et admis dans ces grandes villes, où se trouvaient des hommes assez zélés pour examiner mes écrits, et assez éclairés pour reconnaître la vérité, ou qui l'avaient même reconnue, du moins en partie, depuis plus ou moins long-temps; il n'en fut pas de même pour un petit point du même pays, tout-à-fait hors de la sphère dans laquelle elle pouvait être en effet reconnue, je veux parler du Port-du-Passage. Là, quelques hommes peu instruits proclamèrent les idées de fièvre jaune; les mesures préconisées, dites *sanitaires*, mais véritablement meurtrières, furent employées avec rigueur, et une grande mortalité dut en être la suite. En effet, cette mortalité eut lieu pour les habitans du Port-du-Passage lui-même, tandis qu'elle respecta ceux de plusieurs hameaux enclavés dans le cordon qui entoura cette ville, quoique ces derniers eussent continué d'être en communication avec les premiers. La raison de cette différence dans le sort des uns et des autres, étant que ceux-ci furent entièrement soumis aux mesures dites *sanitaires,* et que ceux-là y furent moins exposés. D'où découle la preuve qu'autant les effets du système admis sont funestes, autant les prétendus germes sont chimériques.

L'erreur ne s'étant pas étendue au-delà du Port-du-Passage, borna donc ses effets à cette malheureuse petite ville, qui se trouvait aussi hors de la ligne des opérations de l'armée, ou qui, du moins, pouvait sans inconvénient n'y être pas comprise; mais quels désastres n'eussent point eu lieu, si elle eût exercé son empire en beaucoup d'autres points de l'Espagne ? On frémit en y songeant !!!

Si, en 1823, au Port-du-Passage, on eût suivi les principes qui m'ont guidé à Nemours, Bautzen, Dresde, Geringswalde, Josephstadt, etc., le mal y eût été arrêté et même prévenu, comme il l'a été dans ces divers autres lieux.

Je prierai de remarquer encore que si, pour mes recherches, et pour l'application de leurs résultats, j'avais attendu un médecin qui, venu long-temps après moi et avec des documens que je prie de ne juger par comparaison avec les miens, qu'après un examen attentif et impartial des uns et des autres, mais qu'il est parvenu à faire regarder comme seuls applicables aux questions agitées ; si, dis-je, pour mes recherches et

2

l'application des principes que je soutiens, j'avais attendu ce médecin, les importans résultats que je viens d'indiquer n'auraient point eu lieu ! ! ! !

Il y a quelque chose de pénible pour un homme délicat de parler des services qu'il a rendus ; mais quand il s'agit de résultats extrêmement importans et avantageux qui peuvent être mis à la place de fléaux épouvantables de tout genre ; mais quand ces fléaux sont uniquement le fruit de l'erreur ; quand cette erreur triomphe ; quand, par suite de toute sorte de prestiges et par diverses autres causes, la vérité est dédaignée et outrageusement repoussée, quoique appuyée sur des documens du plus grand poids, n'est-ce pas un devoir de mettre tout en œuvre pour faire reconnaître ces résultats, pour renvoyer à l'erreur les traits que la vérité en a reçus. Si, dans cette pénible tâche, on a le malheur d'être en butte à des hommes éclairés d'ailleurs, pleins d'honneur eux-mêmes et animés du zèle le plus pur pour la vérité ; si, d'un autre côté, on a obtenu le suffrage d'un grand nombre d'autres hommes également éclairés, ne doit-on pas aux uns et aux autres, ne doit-on pas à soi-même, de ne rien omettre pour justifier ce que l'on a avancé ? Si, par des circonstances particulières, un capitaine a parcouru seul, en entier, le terrain occupé par un ennemi redoutable ; si, seul il connaît parfaitement la nature des armes de cet ennemi et sa manière d'en faire usage ; si, à la faveur de ces diverses notions, il l'a déjà vaincu en maintes occasions ; si, d'autres capitaines, privés de ces notions, quoique très habiles d'ailleurs, ont constamment été battus par ce même ennemi, le premier n'est-il pas obligé de citer, et les avantages qu'il a obtenus et la manière dont il les a obtenus, et même *au be-soin* de découvrir sa poitrine et de montrer les blessures qu'il peut avoir reçues par suite de son courage et de son dévouement, afin de forcer ses détracteurs à reconnaître qu'il a quelque droit à l'estime et à la confiance. Les difficultés de tout genre que j'éprouve m'ont forcé à me servir des comparaisons que je viens d'employer.

D'après les considérations que je viens de présenter, je vais ajouter un exemple à ceux que j'ai déjà cités. Peut-être le moment d'apprécier cet exemple, de reconnaître la vérité dans les faits dont il s'agit, n'est-il pas encore arrivé ; quoi qu'il en soit, je dois déposer ici ces faits :

9° De même qu'en 1823, en Espagne, l'erreur eût pu se répandre au loin et exercer encore d'affreux ravages, de même, en 1822, elle eût pu en exercer à Paris et peut-être aussi sur beaucoup d'autres points de la France.

Paris préservé en 1822, de grand des calamités qui pouvaient résulter des erreurs que l'auteur combat.

Alors ce ne fut non plus ni l'occasion ni les prétextes qui manquèrent. Dans le courant d'avril, il y eut à l'Hôtel-Dieu de cette grande capitale plus de malades atteints de ce que l'on appelle *fièvre jaune*, qu'il n'en existait à Barcelone, ainsi qu'au Port-du-Passage, au moment où l'on y prit les mesures dites *sanitaires ! ! ! !*

Si, dans cette circonstance, les médecins de ce grand établissement, où j'eus l'honneur d'être appelé par quelques-uns d'entre eux, comme ayant vu le mal en beaucoup d'autres lieux ; si ces médecins n'eussent pas vu les choses comme elles étaient ; s'ils eussent proclamé la cause occulte et provoqué ainsi les mesures prétendues sanitaires employées au Port-du-Passage en 1823,

2*

à Barcelone en 1821, à Moscou en 1771, à Marseille, Arles, Aix et Toulon en 1720, etc. ; si, interpellé moi - même en particulier par un grand nombre de jeunes médecins rassemblés dans cette maison, assez éclairés pour reconnaître les caractères de ce que l'on appelle *fièvre jaune*, mais disposés, d'après la doctrine en honneur, à admettre aussi la nécessité de ces moyens subversifs appelés *sanitaires*, regardant cette affection comme distincte et contagieuse; si, dis-je, dans cette circonstance, je n'eusse pas répondu de manière à dissiper leur incertitude et à faire sentir les graves inconvéniens de certaines expressions, on eût vu infailliblement Paris devenir, comme les autres lieux que je viens de nommer, le théâtre de grands désastres qui auraient été proportionnés à sa population. Déjà un médecin envoyé par l'administration pour examiner aussi l'état des choses, avait parlé de mettre de côté les hardes de quelques malades.

Ceux qui accordent tout à des causes chimériques peuvent ne pas reconnaître les vérités que l'auteur soutient.

Que ceux qui, en cas d'épidémie, accordent tout à des causes chimériques, telles que la contagion ou l'infection, n'accordent rien aux autres causes que j'admets, il ne faut sans doute nullement en être étonné ; l'un est la conséquence nécessaire de l'autre. Mais qu'il soit permis à un médecin qui a embrassé toutes les grandes questions agitées et toutes celles qui s'y rattachent, qui a considéré les unes et les autres sous toutes les faces, qui a vu le mal dans toute sorte de climats et de circonstances, qui a long-temps partagé lui-même les opinions qu'il combat aujourd'hui, qui par conséquent ne les a abandonnées qu'après en avoir bien reconnu le peu de fondement, qui a examiné les questions agitées du côté de la nature du mal comme du côté des causes, qui s'est éclairé du sentiment de tous les bons auteurs, comme il s'est éclairé de tous les faits anciens et nouveaux, à commencer aux premiers temps historiques, qui a vu lui-même encore les funestes effets des systèmes qu'il condamne, et qui a obtenu au contraire lui-même également les résultats les plus avantageux de l'application des doctrines qu'il soutient, qu'il lui soit permis de voir les choses comme elles sont; qu'il lui soit permis de proclamer les grandes et importantes vérités qu'il peut ainsi appuyer de toutes sortes de preuves et de témoignages.

Je puis donc dire maintenant : Voilà la vérité; voilà l'erreur. D'un côté l'on trouve la sécurité et la prospérité, de l'autre se trouvent au contraire des alarmes continuelles, des bouleversemens affreux, la ruine, et même la mort de populations entières, naguère nombreuses et florissantes, mort précédée et accompagnée de toute sorte d'horreurs !!! Que l'on choisisse.

Mais, dira-t-on peut-être, si vous possédez ainsi la vérité, et si vous êtes d'autant plus assuré de la posséder que vous en avez fait vous-même l'application la plus avantageuse, comment arrive-t-il que vous ne la faites pas connaître? Sont-ce des faits évidens et péremptoires qui vous manquent? Je crois pouvoir répondre que j'ai entre les mains infiniment plus de faits qu'il n'en faut pour mettre la vérité dans tout son jour, aux yeux de tout homme éclairé, judicieux, qui veut se donner la peine d'examiner. Je me donnerai moi-même pour preuve de cette suffisance, puisque je suis loin de me flatter d'avoir plus de sagacité que d'autres : je citerai encore un grand nombre d'autres médecins français et de médecins étrangers, notamment des

Voilà la vérité; voilà l'erreur. De grandes calamités résultent de l'un, de grands avantages résultent de l'autre; que l'on choisisse.

Suffisance des faits recueillis par l'auteur pour mettre la vérité dans tout son jour.

médecins espagnols ; je dois citer aussi, en particulier, un ancien médecin de lazaret, qui, ainsi qu'il s'est plu à le proclamer, l'a également reconnue à l'aide de mes documens, particulièrement à l'aide de ceux de Barcelone, dont la vue l'avait d'abord fortement ébranlé, et à l'aide de mes divers écrits imprimés, et qui a fini par publier, comme suffisans, même seulement quelques fragmens de mes documens.

Mais l'erreur est seule l'objet de tous les hommages.

Cependant il est certain que la vérité est encore loin d'être généralement reconnue. Jusqu'à présent c'est l'erreur, sous quelque forme qu'elle se soit présentée, qui a reçu tous les hommages et toutes les récompenses, et elle exerce son empire dans les discussions, de manière à les rendre vaines et fastidieuses.

Croyant avoir tout fait, depuis longues années, pour disposer les esprits à examiner et à reconnaître la vérité, en 1826, je croyais aussi être enfin arrivé au moment d'obtenir ce précieux avantage ; mais, au lieu d'une seule erreur que je croyais d'abord avoir à combattre, celle de la contagion, il s'en présenta deux autres que de nouveaux documens consacrèrent, celle de l'infection et celle d'une maladie particulière et distincte dans ce que l'on appelle *fièvre jaune* ; erreurs qui s'entretiennent mutuellement, l'une paraissant justifier l'autre, et toutes deux fournissant en quelque sorte de nouvelles armes en faveur de la première, soit en faisant diversion, soit en paraissant offrir de nouveaux argumens effectivement favorables à celle-ci. L'opinion d'une nature particulière dans le mal fait, en effet, supposer une nature particulière dans les causes, et réciproquement.

Deux nouvelles erreurs, consacrées par de nouveaux documens incomplets, sont venues se joindre à celle de la contagion, que l'auteur croyait d'abord avoir seule à combattre et qu'il avait fortement ébranlée.

Une autre cause de l'état vraiment déplorable où l'on est encore relativement aux points dont je m'occupe , un autre obstacle à la connaissance de la vérité se trouve dans le fait qui va être indiqué.

Démarches (
M. le docte
Chervin pour r
pousser les doc
mens de l'a
teur.

M. le docteur Chervin , profitant d'un accueil que , sans mes efforts et mes sacrifices antérieurs aux siens , il eût été , je crois , loin de recevoir , et s'appuyant des deux nouvelles erreurs qu'il partage et que je combats , a fait , dans les bureaux du ministère , des démarches pour repousser mes documens et empêcher leur examen simultané avec les siens , quoique bientôt il dût demander avec de vives instances à aller aux frais du gouvernement en chercher au loin de semblables , sans l'espoir fondé d'en trouver d'aussi nombreux et d'aussi concluans , même en ne considérant qu'une partie des miens.

Dans une lettre adressée au ministère par M. Chervin , il a prétendu que mes documens *déplaceraient la question posée par lui.* Cette question était de savoir s'il convenait d'abandonner les mesures dirigées contre ce que l'on appelle *fièvre jaune ,* en attendant que l'on eût reconnu la nullité du motif qui les a suggérées.

J'avoue que jamais je n'ai songé à poser une telle question. Je me suis toujours contenté de faire, je crois, plus que qui que ce soit pour prouver cette nullité, *la non contagion.* Il m'a toujours également semblé que ce serait seulement quand elle serait prouvée qu'il faudrait en demander la conséquence. Au reste , ce déplacement que , d'après les démarches de M. Chervin , l'administration , dont la religion a été trompée , avait paru craindre elle-même , a eu lieu sur une nouvelle lettre de M. de Bois-Bertrand. En effet, sur cette dernière lettre , l'Académie elle-même aussi a abandonné cette question. Mais cet abandon n'eut lieu qu'après un an de discussions, qui, comme je l'avais annoncé, et comme à la fin de chaque séance chacun en faisait la remarque, furent absolument oiseuses; tandis que, dirigées vers le but que j'ai toujours eu en vue, d'après les principes que je soutiens, et appuyées sur les documens de tous les temps et de tous les lieux, elles auraient eu le résultat que l'Académie elle-même ne doit jamais cesser de se proposer. J'ai dit que mon honorable confrère s'est aussi appuyé de nouvelles erreurs, en demandant que mes documens fussent repoussés; en effet il a donné aussi pour motif que notre manière de voir n'était pas la même. Je croyais également, de mon côté, que nous ne pensions pas de même sur tous les points en question, et j'étais convaincu que l'erreur était de son côté, comme je l'étais que mes documens étaient plus complets que les siens, comme je savais avoir la priorité, mes principales recherches étant terminées, l'application de la vérité étant même déjà faite par moi, que les siennes n'étaient pas encore commencées. Mais j'avais cru devoir mettre de côté mon intérêt particulier, et surtout m'en rapporter, pour toutes choses, au jugement de l'Académie.

Quoiqu'il en soit, on a compris dans l'anathême même les documens que j'ai recueillis sous la dénomination admise, notamment ceux que j'ai recueillis à Barcelone, sur lesquels je reviendrai bientôt. Cependant M. Chervin devait être bien aise, il me semble, de voir, à côté des siens, d'autres documens nombreux qui ont obtenu le suffrage des hommes les plus éclairés, pour combattre les conséquences que j'en ai déduites si elles sont fausses, et pour s'en appuyer si elles sont fondées, reconnaissant lui-même l'insuffisance de ses propres documens, et admettant sans doute aussi que la vérité ne peut être trop tôt connue et qu'elle doit passer devant tout autre intérêt. On trouvera sans doute également quelque chose d'étonnant dans ce rejet de documens nombreux par un médecin qui bientôt après devait, comme on l'a déjà fait observer, demander avec de vives instances à aller au loin et aux frais du gouvernement, en chercher de semblables, sans l'espoir fondé d'en trouver qui le fussent parfaitement.

J'avais cru, comme je l'ai déjà dit également, que l'Académie ayant droit à notre confiance, ayant mission pour juger de l'importance de nos documens respectifs, nous devions nous en rapporter à elle entièrement, et que, par conséquent, ce n'était ni à M. Chervin, ni à moi qu'il appartenait de tracer la marche qu'elle avait à suivre pour l'examen des uns et des autres, marche que d'ailleurs, comme on sait, l'usage établi, ainsi que la nature, et par conséquent la raison et la justice, indiquaient et prescrivaient. Il m'a donc semblé aussi que, malgré les démarches de mon honorable confrère pour écarter mes documens, le rapport à faire sur les siens ne pourrait manquer d'offrir un jugement comparatif des uns et des autres, et par conséquent aussi de faire mention des miens après un examen convenable. L'une de ces deux choses a eu lieu, et précisément c'est celle qui devait n'être faite qu'après l'autre.

Lorsqu'il s'agit d'examiner de *nouveaux* documens, la première chose à faire, c'est d'en considérer l'objet dans toute son étendue, c'est aussi de considérer ce qui a déjà été fait pour le même objet, et par conséquent ce qui restait à faire. Faute de procéder ainsi, on ne peut porter, sur l'importance de ces documens, aucun juge-

Confiance d l'auteur dans le lumières et l justice des diver ses Académies.

Marche sui vie par la com mission chargé d'examiner le documens de M Chervin, con traire aux règle dictées par la n: ture, par la jus tice, comme pa l'intérêt de l science et d l'humanité.

ment fondé. On peut, en effet, d'après des préventions
favorables aux premiers recueillis, croire les derniers
peu utiles, on peut même les croire absolument de
surérogation ; ou, d'après des préventions différentes,
les croire importans et même très nécessaires, quoique
les premiers soient plus que suffisans, de manière à
faire croire la science en arrière de ce qu'elle est, et à
faire croire aussi la vérité où elle n'est pas, au détri-
ment de la science, de l'humanité et même de l'honneur du pays. On devait donc suivre la première
marche indiquée : Pourquoi M. le rapporteur ne l'a-t-il
pas suivie ? On va voir le résultat de celle qu'il a adoptée
en son particulier. Ne parlons pas nous-même sans
examen, et par conséquent sans connaissance de cause;
écoutons-le. Voici son propre langage, lorsqu'il arrive
aux faits qui ont produit le plus de sensation, c'est-
à-dire à ceux qui regardent l'épidémie de Barcelone.

Avant d'aller plus loin, je ferai observer que le
rapport dont il s'agit a produit d'autant plus d'impression qu'il a été fait au nom de médecins très éclairés
et très judicieux. Mais, quoique très éclairés d'ailleurs,
comme je viens de le dire, ils partagent encore quel-
ques-unes des erreurs que je combats, erreurs qui
font regarder comme étrangers à ce que l'on appelle
fièvre jaune, beaucoup de faits qui lui appartiennent et
que j'ai entre les mains. Ils ont admis aussi un principe
d'après lequel ils ont prononcé sur la valeur et l'importance des documens de M. Chervin, comme s'ils connais-
saient les miens, et comme s'ils les avaient jugé les moins
complets et les moins exacts. Ce rapport a pu avoir des
suites très fâcheuses pour moi et surtout très funestes
pour la science et pour l'humanité. Ce n'est cependant
pas pour me plaindre que j'ai parlé. Je suis persuadé

que la nouveauté de la question est seule la cause de la marche vicieuse qui a pu être suivie. Au reste, peut-être me trompé-je moi-même en ce point. Dans tous les cas, je suis disposé à rendre toute la justice possible aux membres de la commission, comme je suis persuadé que, de leur côté, ils sont disposés à me la rendre également. « S'il était vrai, dit M. le rapporteur, comme la suite des documens que nous avons à mettre au jour tendrait à le faire croire, que l'erreur a pu se glisser dans quelques parties du récit de cette grande calamité, ce tribut payé à la faiblesse humaine aurait-il de quoi nous surprendre ? » (Pag. 42 et 43 du rapport imprimé.)

Ayant recueilli moi-même à Barcelone un plus grand nombre de documens que qui que ce soit, avant que M. Chervin ne se fût rendu dans cette ville, le langage que l'on vient d'entendre ne paraît-il pas nécessairement s'appliquer à ces documens, comme à ceux qu'ont recueilli MM. les membres de la commission envoyée dans cette même ville par le ministère de l'intérieur, et à ceux de M. le docteur Audouard, etc. Voilà donc ces mêmes documens, que l'on n'a point examinés, représentés comme entachés d'erreurs. La suite, je pense, va mieux faire voir encore ce qu'il y a de peu juste dans le jugement dont il s'agit.

« Lorsque M. Chervin, dit encore M. le rapporteur, pag. 43, est venu *plus tard* recueillir des renseignemens *nouveaux*, il a fait une chose utile, qui était le complément de la mission des médecins français. La sienne, à lui, était de rétablir l'exactitude de faits mal observés ou prématurément adoptés, mais surtout de fournir les matériaux d'une nouvelle discussion, d'où ne peut manquer de jaillir la vérité. »

Je pourrais dire, dès ce moment, que de ce langage,

Jugement com paratif porté sar connaître to les termes de l comparaison, e par conséquer erroné.

Résultat funeste de ce jugement pour l'auteur, pour la science, pour l'humanité et pour l'honneur même de notre pays.

qui a fait regarder mes documens eux-mêmes comme inexacts et mes principes comme erronés, je pourrais dire que de ce langage lui-même a pu jaillir l'épidémie de Gibraltar et beaucoup d'autres calamités ! ! ! Mais je passe là-dessus, et je dis : si M. Chervin a eu une mission, n'en ai-je pas eu à plus forte raison une aussi ? Mon ouvrage imprimé ; traduit par les médecins espagnols, devenu ainsi un des principaux objets de leurs méditations, ne marquait-il pas ma place à Barcelone? Cette assemblée médicale, qui s'est formée dans cette ville au moyen de l'accueil que cet ouvrage m'y a procuré, ne m'y appelait-elle pas aussi ? Ne doit-on pas le penser, à moins que l'on n'admette que tout pouvait être regardé comme terminé, d'après tout ce que j'avais déjà fait, d'après le suffrage obtenu par l'ouvrage le plus complet, je crois, qu'il y ait ; suffrage qu'il ne se serait plus agi que de constater; à moins, également, que les résultats obtenus dans ma pratique, regardés aussi comme sans exemple, ne parussent de même, comme ils sont en effet, la solution désirée.

Ne suis-je pas également médecin français, et par conséquent nécessairement compris dans le nombre de ces médecins *français* qui ont rapporté des faits mal observés ou prématurément adoptés et inexacts, et dont M. Chervin a complété la mission ?

De deux choses l'une; ou l'on a voulu parler de moi, ou l'on n'a pas voulu en parler. Dans la première hypothèse on a eu, ce me semble, doublement tort : on s'est montré peu conséquent avec soi-même, puisque l'on avait fini par arrêter en principe que l'on n'en parlerait pas, et qu'effectivement on ne pouvait pas en parler avec connaissance de cause, attendu que l'on n'avait pas examiné mes documens, et qu'ainsi on ne pouvait

les présenter ni comme exacts ni comme inexacts,
non plus que l'on ne pouvait me présenter moi-même
comme ayant fait ou comme n'ayant pas fait ce qui
était utile, et comme ayant laissé ou comme n'ayant
pas laissé à un autre le soin de fournir les matériaux
d'une discussion d'où ne peut manquer de jaillir la
vérité. Dans la seconde supposition, dans celle où l'on
n'a pas voulu parler de mes documens, il me semble
que l'on a eu tort encore, puisque l'on avait à indiquer
l'utilité et l'importance des documens de mon honorable confrère, et que l'on ne pouvait le faire exacte-
ment sans être bien instruit de tout ce qu'il y avait de
fait avant lui !!!!

On a parlé de complément apporté par M. Chervin.
Peut-on connaître le complément d'une chose que l'on
ne connaît pas elle-même? Cette question n'a pas besoin de réponse.

Le rapport dont il s'agit a donc été fait, du moins
quant aux points dont je viens de parler, sans connaissance de cause. Il m'a été extrêmement préjudiciable, et
j'ose dire qu'il l'a été également à la science et à l'humanité elle-même. Pris dans le sens le plus défavo-
rable pour moi, il a été renouvelé dans plusieurs
autres occasions où l'on m'a représenté également
comme n'ayant presque rien fait, surtout dans mon
voyage de Barcelone, qui ne soit digne de dédain et
de mépris, en représentant le voyage de M. Chervin
comme étant d'une importance extrême; tandis que,
je dois le répéter, les documens que j'ai rapportés de
cette ville, outre l'avantage de la priorité, sont et plus
nombreux et plus concluans que ceux de cet honorable confrère; tandis que, dirai-je même, ils ne lais-
saient absolument rien à désirer, la seule chose néces-

saire étant un examen, examen facile et qui aurait eu pour objet de constater différens caractères particuliers à mes documens, et dans lesquels on peut trouver la solution désirée.

Le voyage de M. Chervin à Barcelone a tenu les esprits en suspens, et ses documens servent à consacrer deux nouvelles erreurs. Que malgré cela, on loue son zèle, j'y applaudirai; mais qu'on présente ses voyages et ses documens comme devant l'emporter sur tout autre, c'est faire à la science et à l'humanité, je crois, un tort incalculable. Je fais donc des vœux ardens pour l'examen impartial de mes documens, ne demandant pas que l'on me croie sur parole; et la vérité ne pouvant être trop tôt connue. J'ose espérer qu'en effet cet examen ne peut être encore long-temps différé. En attendant, j'indiquerai quelques-uns des caractères que me semblent offrir mes documens. Ces caractères sont:

Exposé des principaux caractères des documens de l'auteur.

1° d'avoir le plus contribué, depuis 1814, à fixer l'attention du monde savant médical, non-seulement sur les causes des épidémies, mais encore sur leur nature; 2° d'être les plus complets que l'on possède, embrassant les faits de tous les temps et de tous les lieux, et s'appliquant à toutes les dénominations; 3° d'avoir obtenu le suffrage d'un grand nombre de médecins et de diverses sociétés savantes, notamment celui de l'assemblée médicale la plus compétente qui ait jamais existé, et d'être appuyés du sentiment de tous les bons auteurs; 4° de prouver non-seulement la non contagion, mais encore la non infection; 5° de faire connaître les véritables causes; 6° d'offrir des résultats avantageux également sans exemple, et par conséquent de satisfaire aux vœux de tous les amis de la science et de l'humanité, exprimés en 1825 par l'Académie des Sciences,

de manière à pouvoir dispenser de toute nouvelle
mission , et prévenir de nouvelles calamités semblables à celles de Marseille , Cadix , Barcelone, Gibraltar, etc. , etc.

Je terminerai par ces réflexions. On doit sans doute
louer MM. les Commissaires de ne pas se prononcer ,
si leur opinion n'est pas encore bien formée ; mais ne
doit-on pas également s'affliger en voyant, à une époque
déjà avancée du dix-neuvième siècle , des médecins très
éclairés d'ailleurs , ne rapporter du théâtre même d'une
grande épidémie , que doute et incertitude, et laisser
ainsi à l'erreur tout son empire ; comme en voyant des
médecins, ainsi éclairés , aller , les uns au fond de
l'Orient pour examiner si , en embaumant les cadavres
des Égyptiens , nous ne pourrons pas être préservés de
nos maladies fébriles , et les autres au midi et au cou-
chant, pour chercher sur les flancs et même sur la
cime d'un aride rocher , un marais ou un autre vaste
foyer d'infection , et en les voyant également tous
chercher ainsi au loin , et à grands frais , comme nous
étant étrangères , des maladies que nous pouvons jour-
nellement observer chez nous. Peut-être n'en serait-
on pas à ce point (et alors de grandes dépenses seraient
épargnées , de grandes alarmes et une infinité d'autres
calamités affreuses seraient prévenues, on n'irait pas au
milieu de peuples étonnés , chercher des vérités toutes
trouvées et mettre à la place de grandes erreurs) , si
M. le docteur Pariset eût voulu, comme il en était
convenu avec moi , examiner ensemble nos documens
respectifs , et si , de son côté , M. Chervin n'eût pas
fait en sorte de repousser les miens , au lieu de les examiner de même !

Si chacun de MM. les Commissaires , dont je me

plais à reconnaître les lumières, avait déjà, en effet, été à portée d'observer le mal épidémique sur un grand nombre de théâtres différens ; s'il avait pu assister à son développement et à ses progrès ; s'il avait pu, du moins, prendre connaissance de tout ce qui a été recueilli, déjà également ils auraient reconnu la vérité.

Moi-même j'avais déjà eu occasion d'observer plusieurs épidémies, que j'en étais encore à des doutes ; mais aujourd'hui que les faits les plus multipliés se sont offerts à mon observation en toute sorte de circonstances et de climats, aujourd'hui que j'ai vu toute sorte d'alarmes, de dépenses et d'autres calamités, même la mort de populations entières, résulter de l'application des principes que je combats, et que j'ai obtenu, au contraire, les résultats les plus avantageux de la doctrine que je soutiens, je ne puis me refuser à reconnaître la vérité, et je me croirais coupable envers l'humanité, envers le gouvernement et envers moi-même, si je ne la proclamais pas. J'ose espérer que tous les amis de la science, ceux, surtout, qui connaissent mes sentimens, applaudiront à mes continuels efforts.

MM. les Commissaires pensent, sans doute, que s'ils pouvaient se trouver encore sur le théâtre d'un certain nombre d'épidémies semblables à celle de Gibraltar, les faits qu'ils en rapporteraient ne laisseraient enfin rien à désirer. On ne peut, en effet, croire insolubles les questions agitées, vu que les faits propres à leur solution sont frappans et innombrables. Ma pratique seule m'en a fourni une multitude, et j'ai formé des uns et des autres un faisceau plus que suffisant pour éclairer ces questions. Pendant long-temps les préjugés ont empêché de remarquer assez tous ces faits pour les apprécier ; souvent même on n'en a tenu absolument aucun compte. Mais il ne peut en être ainsi aujourd'hui, d'après l'état actuel de la science, et d'après le penchant et l'ardeur qui règnent généralement pour les les vérités utiles. Que dis-je, cette solution est toute obtenue ! Elle l'est par l'immensité des faits que j'ai recueillis, les faits étant la vérité en action; par la conviction qu'ils ont déjà opérée chez un grand nombre de médecins; par la décision de l'assemblée médicale formée en 1821 et 1822, d'après ma proposition, sur le théâtre même du mal (sur le théâtre d'une des plus grandes épidémies qui aient régné), assemblée la plus compétente qui ait jamais pu et qui puisse jamais exister; elle l'est enfin par les résultats avantageux de ma pratique particulière; puisque, comme il a déjà été dit, et comme tout le monde l'admettra, en médecine, la solution de toute question, c'est le moyen de guérir ou de préserver. Il ne s'agit donc que de constater ces importans résultats, ou plutôt de les proclamer. Je puis donc aussi répéter : Voilà la vérité, voilà l'erreur; considérez les faits de l'un et de l'autre et choisissez. Je ne puis de même avoir des doutes sur ce choix ; puisqu'il ne s'agit également que d'accomplir, dès ce moment, les vœux émis, en 1825, par l'Académie des Sciences, objet pour lequel elle a cru des sommes immenses encore nécessaires; de dispenser ainsi de nouvelles missions; d'éviter des frais et des pertes énormes et d'autres calamités infinies pour le commerce, les gouvernemens et les peuples, et que l'honneur peut en appartenir surtout à notre pays.

P. S. Dans ce moment, où ce qui précède sort de la presse, comme pour justifier de plus en plus ce que

j'expose, de nouveaux triomphes de l'erreur sont pro-
clamés; déjà elle exerce l'empire que, chaque année,
elle a coutume de n'exercer que vers la fin de l'été. Déjà
l'on donne le nom de *contagieuses* à des maladies qui
règnent sur un des points du théâtre de la guerre entre
la Russie et la Porte, tandis que la misère jointe à
d'autres calamités, est la seule cause du mal. On dit,
effectivement, que cet état règne sur ce point, mais
c'est sans en remarquer la conséquence. Voilà comment, en admettant une cause imaginaire, on détourne l'attention des véritables causes; en voyant les
choses telles qu'elles sont, on pourrait, du moins le
plus souvent, les combattre; mais l'erreur suggère
l'emploi de moyens qui deviennent eux-mêmes un
surcroît de cause morbifiques. Veut-on avoir des
exemples? que l'on porte ses regards vers le passé;
chaque proclamation de la cause occulte en a fourni,
et le présent vient, comme on voit, nous en offrir de
nouveaux.

On apprend de Bucharest, à la date du 6 mai, que
l'on a établi un cordon autour d'un village appelé
Hileschtie, parce qu'un régiment d'ulhans, cantonné
dans ce village, offre un plus grand nombre de malades
qu'à l'ordinaire. On ajoute que, par suite du système
admis, les officiers de ce régiment, qui se trouvent à
Bucharest, ne peuvent le rejoindre.

Que l'on fasse à Hileschtie ce qui fut fait en pareilles
circonstances, d'après mes conseils ou mes prescriptions, en divers lieux que j'ai souvent indiqués; que
l'on étende le cantonnement, et même que l'on ait
seulement certaines précautions pour l'entretien de la

salubrité ; que l'on en prenne quelques autres encore, si elles sont nécessaires , par rapport à des causes *évidentes* , et le mal cessera tout-à-coup.

Mais si l'on persiste dans les voies où l'on s'est engagé , le régiment dont il s'agit , privé de ses officiers, est peut-être perdu pour l'armée russe ; les habitans d'Hileschtie partageront ses maux ; d'autres corps de troupes employées au cordon seront également enlevés à cette armée , du moins pendant une grande partie de la campagne ; et si , comme il faut le craindre , les mêmes idées viennent à prévaloir partout où il y aura des maladies, combien d'autres troupes seront de même enlevées à un service sans lequel le sort de l'armée russe pourra être fortement compromis ! ! !

On peut donc annoncer une infinité d'autres calamités dans le cas où la vérité continuerait à être méconnue. Déjà , encore , à côté de cette histoire de maladies prétendues contagieuses , on voit celle de deux individus morts à Bucharest , dont la maladie , désignée sous le nom de *peste* , est attribuée à des effets dit *suspects ! ! !*

A l'occasion de ce que l'on appelle ici la *peste* , je dirai que, dans tous les points du globe , il se présente des affections semblables ; mais que ces affections ne reçoivent le nom de *contagieuses* que dans certains cas, où il se trouve des médecins qui , peu attentifs , et tenant aussi peu de compte du passé, prennent ces mêmes affections pour des maladies distinctes et occasionent ainsi de grands désastres.

Comme il suffit que l'attention soit bien fixée sur la véritable nature et sur les véritables causes du mal , pour reconnaître aisément l'un et l'autre , des avertissemens pouvant avoir les conséquences les plus étendues en faveur de l'humanité, c'est-à-dire que, dans beaucoup de cas, où, se livrant aux préjugés que je combats, on aurait admis la cause occulte ainsi que d'autres causes imaginaires, et employé des moyens subversifs, en même temps que l'on aurait négligé les seuls moyens appropriés, on n'aura, au contraire, recours qu'à ces derniers, de manière à prévenir les malheurs que j'ai signalés, et même de manière à ne les pas redouter.

Saint-Germain-en-Laye, Imprimerie d'Abel GOUJON.